COLLECTION

DE

M. LE B^{ON} DE BEURNONVILLE

DONT LA VENTE AURA LIEU

3, RUE CHAPTAL, 3

LUNDI 9, MARDI 10, MERCREDI 11, JEUDI 12, VENDREDI 13,
SAMEDI 14 ET LUNDI 16 MAI 1881,

A DEUX HEURES PRÉCISES.

ORDRE DES VACATIONS*

COMMISSAIRE-PRISEUR

Me CHARLES PILLET, rue Grange-Batelière, 10.

EXPERTS

M. FÉRAL
Faubourg-Montmartre, 54

M. CH. GEORGE
rue Laffitte, 13

M. G. PETIT
rue Saint-Georges, 7

Les ordres numérique et alphabétique ne seront pas suivis.

CONDITIONS DE LA VENTE

Elle sera faite au comptant.

Les adjudicataires payeront cinq pour cent en sus des enchères.

Paris. — Imprimerie Pillet et Dumoulin, rue des Grands-Augustins.

DÉSIGNATION

Vacation du Lundi 9 Mai

164 — ROBERT (Hubert). Intérieur d'un monument.

165 — ROBERT (Hubert). Les Ruines.

166 — ROBERT (Hubert). Les Laveuses.

167 — ROBERT (Hubert). La Maison carrée, à Nîmes.

168 — ROSALBA. Portrait de jeune femme.

171 — SCHALL. Portraits de jeunes filles.

173 — TOCQUÉ. Portrait d'un seigneur.

174 — TOCQUÉ. Portrait d'homme.

177 — TRINQUESE. Portrait de la princesse de Lamballe.

182 — VESTIER. Portrait de jeune femme.

183 — VESTIER. Portrait présumé de Mme Roland.

184 — VESTIER. Portrait de femme.

187 — VINCENT. La Promesse du retour.

194 — ÉCOLE FRANKAISE. Portrait présumé de Mlle Sallé.

196 — ÉCOLE FRANÇAISE. Portrait de jeune fille.

198 — ÉCOLE FRANÇAISE. Portrait de Voltaire.

199 — ÉCOLE FRANÇAISE. Portrait de Jacquart.

374 — MEULEN (Van der). Cavaliers en reconnaissance.

375 — MEULEN (Van der). Choc de cavalerie.

416 — PLATZER. Entrevue d'Alexandre et de la Reine des Amazones.

417 — PLATZER. Alexandre se prosternant devant le grand-prêtre de Jérusalem.

699 — TIEPOLO. Triomphe de Flore.

700 — TIEPOLO. Le Triomphe de la religion.

701 — TIEPOLO. Vénus et Vulcain.

702 — TIEPOLO. Ecce Homo.

703 — TIEPOLO. Portrait de femme.

703 — TIEPOLO. Composition allégorique

705 — TIEPOLO. Figures allégoriques.

Vacation du Mardi 10 Mai

3 — BOUCHER. Jupiter et Calisto.

4 — BOUCHER. Le Marchand de mercerie

3 — BOUCHER. Jeune fille lisant.

8 — BOUCHER. Jeune femme à mi-corps.

9 — BOUCHER (attr. à). Nymphe et Amours

14 — BOURDON (S.). Le Chanteur.

15 — CALLET. Pygmalion et la Statue.

16 — CALLET. Nymphe sur des nuages

17 — CALLET. Le Printemps.

25 — CHARDIN. Fruits.

89 — GREUZE. La Dame charitable.

90 — GREUZE (attribué à). L'Aveugle trompé.

91 — GREUZE (attribué à) Tête de villageois.

92 — GREUZE (attribué à). Portrait d'homme.

97 — GUYARD. Portrait de jeune femme.

98 — GUYARD. Marie-Antoinette.

99 — GUYARD. Portrait présumé de Mme Elisabeth.

100 — HUET. Joseph Chenier.

101 — HUET. Les Amours bergers.

102 — JEAURAT. La Fin d'un repas.

103 — JEAURAT. L'Etudiant

105 — LAGRENÉE (J.-F.). Portrait d'enfant.

106 — LAGRENÉE (J.-F.). Enlèvement d'Orythyie.

124 — LAWRENCE. Portrait de jeune femme.

125 — LAWRENCE. Portrait du prince de Galles.

126 — LAWRENCE. Le Duc de Richelieu.

128 — LÉPICIÉ. Le Jeu de la canonnière.

130 — Loo (C. van). Portrait de jeune femme.

131 — Loo (C. van). Les petits Architectes.

132 — Loo (M. van). Portrait présumé de Mme de Penthièvre.

134 — NATTIER. Portrait de Mme de Flesselles

135 — NATTIER. Portrait de la comtesse de X...

136 — NATTIER. Portrait de jeune femme.

137 — NATTIER. Portrait de jeune fille.

138 — NATTIER. Mme Victoire.

139 — NATTIER. Woldemar, comte de Lowendahl.

140 — NATTIER. Deux petites esquisses.

141 — NATTIER. Portrait de la princesse de Conty.

142 — NATTIER. Portrait de jeune femme.

143 — NATTIER (attribué à). Mlle de Penthièvre.

144 — NATTIER (école). Portrait de jeune femme.

146 — PATER. L'Arrivée au camp.

147 — PATER. Le Campement.

148 — PATER. Assemblée galante.

149 — PATER. L'Accord parfait.

150 — PATER. La Baigneuse.

151 — PATER. Les Divertissements au camp.

152 — PERRONNEAU. Portrait de Gillequin.

153 — POUSSIN. Le Repos de la sainte Famille.

159 — RAFFET. La Veillée d'Austerlitz.

160 — REGNAULT. La Toilette de Vénus.

161 — RIGAUD. Portrait d'un officier supérieur.

162 — RIGAUD. Portrait du duc du Maine.

169 — ROSLIN. Portrait de Lekain.

170 — SANTERRE. Jeune Femme pinçant de la harpe.

172 — TAUNAY. Paysage d'Italie.

175 — TOURNIÈRES. Portrait d'une dame.

176 — TOURNIÈRES. Portrait de Thomas Corneille.

178 — VALLAYER-COSTER. Fleurs.

179 — VALLAYER-COSTER. Attributs de chasse.

180 — VALLIN. Bacchante.

181 — VAN GORP. Le Portrait de mémoire.

185 — VIGÉE-LEBRUN. Portrait de jeune femme.

186 — VIGÉE-LEBRUN. Portrait de Madame.

188 — VOUET (S.). Louis XIV à l'âge de cinq ans.

189 — WATTEAU. Le Lorgneur.

190 — WATTEAU. L'Assemblée au parc.

191 — WATTEAU. Vénus et l'Amour.

192 — WILLE fils. Portrait de Mlle d'Angivilliers.

193 — ÉCOLE FRANÇAISE. Portrait de jeune femme.

195 — ÉCOLE FRANÇAISE. Portrait de femme.

197 — ÉCOLE FRANÇAISE. Portrait de jeune femme.

200 — ÉCOLE ANGLAISE. Portrait de jeune fille.

611 — BELLOTTO. Le Pont de Rialto.

612 — BELLOTTO. Le grand Canal.

623 — CANALETTI. Vue de Venise.

624 — CANALETTI. Vue de la Piazzetta.

625 — CANALETTI (école). Venise.

641 — GOYA. Le Congrès.

642 — GOYA. Un Incendie.

643 — GOYA. Portrait équestre de Charles IV, esquisse.

644 — GOYA. Repos des Contrebandiers.

646 — GUARDI. Vue de Venise.

647 — GUARDI. La Place Saint-Marc.

648 — GUARDI. Paysage.

649 — GUARDI. Temple à colonnes.

650 — GUARDI. Vue de Venise.

651 — GUARDI. Vue de Venise.

652 — GUARDI. Ruines.

653 — GUARDI. Architecture.

Vacation du Mercredi 11 Mai

202 — BACKHUYSEN. La Plage.

205 — BEGA. Paysans en goguette.

209 — BERGHEM. Le Cavalier en promenade.

212 — BERGHEM. Les Pasteurs.

380 — MIGNON. Fruits et insectes.

386 — MOUCHERON. Un parc.

389 — NEER (Van der). Le Wahal, clair de lune

392 — NEER (Van der). L'Hiver en Hollande.

395 — NEER (Eglon van der). Le Duo.

402 — OSTADE. Deux amis.

405 — OSTADE. Les Bons vivants.

408 — OSTADE. Le Buveur.

411 — OSTADE (Isack van). Intérieur de chaumière.

418 — POEL (Van der). La Plage de Scheveningen.

421 — POT. La Tabagie.

429 — PYNACKER. Marine au soleil couchant.

432 — PYNACKER. La Vieille Tour.

435 — REMBRANDT. Le Christ à la colonne.

438 — RUBENS. Minerve et Théthis.

441 — RUBENS. Mercure et Argus.

444 — RUBENS (école). Mucius Scevola.

447 — RUYSDAEL. Canal de Hollande en hiver.

449 — RUYSDAEL. Le Village sur la hauteur.

452 — RUYSDAEL. L'Entrée du village.

456 — RUYSDAEL. Les Pêcheurs à la ligne.

459 — RUYSDAEL. Entrée de la forêt.

462 — Ruysdael (Salomon). Vaches à l'abreuvoir.

465 — Ruysdael (Salomon). La Meuse.

470 — Seghers. Guirlande de fleurs.

473 — Slingelandt. La Repasseuse.

476 — Steen. Une Cour d'hôtellerie.

480 — Steen. La Fête-Dieu.

483 — Steen. Le Galant officier.

286 — Steen. La Fête des Rois.

489 — Steen. La Séduction.

493 — Stevens (Palamède). L'Escarmouche.

496 — Teniers (David). Fête flamande.

499 — Teniers (David). L'Opérateur de village.

501 — Teniers (David). La Tentation de saint Antoine.

504 — Teniers (David). Tabagie flamande.

507 — Teniers (David). Les Chaumières flamandes.

510 — Teniers (David). La Leçon de flûte.

513 — Teniers (David). La Tabagie.

517 — Teniers (le père). Le Chasseur.

520 — Terburg. Jeune femme à sa toilette.

522 — Terburg. Portrait de jeune femme.

526 — Terburg (attribué à). Jeune femme se lavant les mains.

529 — Torenvliet. La Fenêtre du cabaret.

532 — VELDE (W. van de). Calme plat.

535 — VELDE (Isaïe). Paysage

539 — VERSPRONCK. Portrait d'homme.

542 — VOS (Martin de). Portraits de trois personnages

545 — WEENIX (J.-B.). Après la chasse.

548 — WEENIX (J.-B.). Scène galante.

556 — WOUWERMAN (Ph.). Paysage d'hiver.

559 — WOUWERMAN (Ph.). Halte de chasseurs.

562 — WOUWERMAN (Ph.). L'Abreuvoir.

567 — WOUWERMAN (Ph.). Le Départ pour la chasse.

570 — WOUWERMAN (Pierre). Halte de Cavaliers.

573 — WYNANTS. Site montagneux.

575 — WYNANTS. Chasseurs au repos.

598 — ÉCOLE HOLLANDAISE. Réunion de famille.

Vacation du Jeudi 12 Mai

204 — BACKHUYSEN. La Pêche.

203 — BACKHUYSEN. Les Naufragés.

207 — BERGHEM. L'Abreuvoir.

210 — BERGHEM. Les Bergères.

213 — BEYEREN (Van). Fruits.

220 — BOUT. La Vente de poisson

223 — BRAUWER. Un Chanteur.

225 — BRAY (Jean de). Portrait de femme

229 — BREUGHEL. Moulin à vent.

233 — VAN CAPELLE. Un Calme.

236 — CODDE (Pieter). Famille hollandaise.

245 — CRAYER. Portrait d'homme.

248 — CUYP. Les Maquignons.

251 — CUYP. Cheval au repos.

254 — CUYP. Portrait de femme âgée.

257 — DENNER. Femme âgée.

261 — DOV (Gérard). Ménagère hollandaise.

266 — DYCK (Van). Portrait en pied de César-Alexandre Scaglia.

269 — DYCK (Van). Deux Portraits.

272 — DYCK (Van). Portrait présumé de Josse de Momper.

276 — EECKHOUT. Le Départ pour le sacrifice.

284 — FERG. Port de mer.

290 — GOYEN (Jan van). Le Bac.

293 — GOYEN (Van). Une Rivière en Hollande.

296 — GOYEN (Van). L'Arc-en-ciel.

299 — HALS (Frans). Le Chanteur de psaumes.

302 — HALS (Frans). La Marchande de poissons.

305 — HALS (Frans). Le Chanteur.

308 — HALS (Frans) (attribué à). Conversation galante.

302 — HELST. Portrait d'homme.

313 — HELST. Portrait de femme.

317 — HEYDEN (van der). La Vue de La Haye.

320 — HEYDEN (van der). Vue d'une Résidence seigneuriale.

332 — HONDECOETER. Le Coq et la perle.

335 — HONDECOETER (attribué à). Oiseaux de basse-cour.

338 — HOOGH (de). Le Notaire.

341 — HUYSUM (Van). Vase de fleurs.

344 — JARDIN (K. du). Le Paysage du gué.

347 — KALF. Intérieur d'une chaumière.

350 — KESSEL (Jan van) et VERBOECKHOVEN. Fleurs et animaux.

353 — KONINCK. Portrait de vieille femme.

358 — LINGELBACH. Chasse au cerf.

361 — MAAS. Intérieur hollandais.

366 — METSU. Portrait de la mère du peintre.

369 — METSU (attribué à). Portrait d'une dame hollandaise.

378 — MIEREVELT. Portrait d'homme.

381 — MIGNON. Fleurs et fruits.

387 — Neefs (Peter). Intérieur d'une cathédrale.

390 — Neer (Van der). Paysage au crépuscule.

393 — Neer (Van der). Les Patineurs, effet de jour.

396 — Netscher. Portrait d'homme.

403 — Ostade. Intérieur flamand.

406 — Ostade. L'Amateur de bière.

409 — Ostade. Buveurs hollandais.

412 — Ostade (Isack). L'Écurie.

419 — Poel. Intérieur rustique.

427 — Prins. Ville de Hollande.

430 — Pynacker. Le Passeur.

433 — Rembrandt. Portrait de femme.

436 — Rembrandt (école de). Portrait de rabbin.

439 — Rubens. Portrait de Gevartius.

442 — Rubens. Arion sauvé par les dauphins.

445 — Ruysdael. La Cascade.

448 — Ruysdael. Les Charbonniers.

453 — Ruysdael. La Cascade.

454 — Ruysdael. La Chasse au cerf.

457 — Ruysdael. Le Torrent.

460 — Ruysdael. Rivière traversant un bois.

463 — Ruysdael (Salomon). Le Départ pour la chasse.

466 — Saft-Leven. Les Bords du Rhin.

471 — Seghers (attribué à). Guirlande de fleurs.

474 — Slingelandt. L'Enfant à la cage.

477-478 — Steen (J.). La cuisine grasse et la cuisine maigre.

481 — Steen (J.). Le Pillage de la ferme.

484 — Steen (J.). Réjouissance de villageois.

487 — Steen (J.). Le Verre de vin de la convalescente.

490 — Steen (J.). La Fête des rois.

494 — Stoop. Chiens au repos.

497 — Teniers (David). Fête flamande

498 — Teniers (David). La Partie de cartes.

502 — Teniers (David). La Kermesse.

505 — Teniers (David). Le Château fort.

508 — Teniers (David). Buveurs et fumeurs.

511 — Teniers (David). Le Joueur de cornemuse.

514 — Teniers (David) et Zorg. La Brouette aux légumes.

518 — Terburg. La Dépêche.

523 — Terburg. Un Savant dans son cabinet.

527 — Thys ou Tyssens le vieux. La Madone et l'enfant.

530 — Uchtervelt. Le Chien favori.

533 — Velde (A. van de). Les Brebis.

537 — Vermeer (Johann). La Cabane.

540 — Vos (C. de). Famille de Notables flamands.

543 — Vos (Martin de). L'Étudiant.

546 — Weenix (J.-B.). Le Départ pour la promenade.

549 — Weenix (J.). Gibier mort.

552 — Wett (de). Juda et Thamar.

557 — Wouwerman (Ph.). Monticule sablonneux.

560 — Wouwerman (Ph.). L'Hallali.

563 — Wouwerman (Ph.). Le Muletier.

565 — Wouwerman (Ph.). Le Marché aux chevaux.

568 — Wouwerman (Ph.). Paysage accidenté.

571 — Wouwerman (Pierre). Le Cheval blanc.

576 — Wynants. La Bonne aventure.

577 — Wynants. Paysage coupé par une petite rivière.

578 — Wynants. Paysage.

599 — Ecole Hollandaise. Portrait d'homme

Vacation du Vendredi 13 mai.

208 — Berghem. Rebecca à la fontaine.

211 — Berghem. La Fileuse.

214 — Beyeren (Van). Poissons de mer sur une table.

3o3 — HALS (Frans). Le Joyeux buveur.

3o6 — HALS (Frans). Portrait d'un jeune homme.

3o9 — HALS (Dirck). Le Concert.

3r4 — HELST. Portrait d'un syndic de la corporation des tonneliers de Dordrecht.

3r5 — HELST. Portrait d'un personnage hollandais.

3r8 — HEYDEN (Van der). Riche habitation hollandaise.

32r — HOBBEMA. L'Entrée de la forêt.

333 — HONDECOETER. Le Garde-manger.

336 — HOOGH (de). La Collation.

339 — HOOGSTRATEN. Le Géographe dans son cabinet.

342 — HUYSUM. Bouquet de fleurs.

345 — JORDAENS. Portrait d'homme que l'on croit être le père de l'artiste.

348 — KAUFFMANN. Angélique et Médor.

35r — KESSEL. Poissons.

354 — KONINCK. L'Avare.

359 — MAAS. Portrait de Van Wassenaer.

362 — MAAS. Vieille Femme hollandaise.

367 — METSU. Le Forgeron.

376 — MEURANT. Le Pont de bois.

379 — MIEREVELT. Portrait d'homme.

384 — MOREELSE. Portrait d'un gentilhomme.

388 — NEER (Van der). Un Incendie la nuit.

390 — NEER (Van der). La Meuse au soleil couchant.

394 — NEER (Van der). Village de Hollande. Clair de lune.

401 — OSTADE. La Chanson à boire.

404 — OSTADE. Le Repos sur la tonnelle.

407 — OSTADE. L'Intérieur rustique.

410 — OSTADE. Un Homme en buste.

415 — OVENS. Portrait présumé de la princesse d'Orange, fille de Jacques II.

420 — POORTER. Portrait de femme.

428 — PYNACKER. Paysage agreste.

431 — PYNACKER. Navires à l'embouchure d'un fleuve.

434 — REMBRANDT. L'Obélisque.

437 — RUBENS. Sainte Cécile.

440 — RUBENS. Le Bon gouverneur dominant la discorde.

443 — RUBENS (École). La Kermesse.

446 — RUYSDAEL. Le Vieux monastère.

450 — RUYSDAEL. Quai d'Amsterdam.

451 — RUYSDAEL. Les Ruines du château de Brederode.

455 — RUYSDAEL. Le Hêtre.

458 — RUYSDAEL. Site norvégien.

461 — RUYSDAEL (Salomon). Bords de la Meuse.

464 — RUYSDAEL (Salomon). La Baignade.

469 — SEGHERS. Guirlande de fleurs.

472 — SIBERECHTS. La Rentrée du troupeau.

475 — SNELLINKS. La Rentrée au château.

479 — STEEN (J.). Le Buveur émérite.

482 — STEEN (J.). La Consultation.

485 — STEEN (J.). La Galante déclaration.

488 — STEEN (J.). Le Chirurgien.

491 — STEEN (J.). Portrait présumé de l'artiste.

495 — TENIERS (David). Une Kermesse.

500 — TENIERS (David). Les Cureurs d'étangs.

503 — TENIERS (David). Les Deux Pèlerins.

506 — TENIERS (David). Judith.

509 — TENIERS (David). Les Deux Rieurs.

512 — TENIERS (David). Le Hangar.

505 — TENIERS (le père). Le Berger.

516 — TENIERS (le père). La Bergère.

519 — TERBURG. Portrait d'une jeune dame hollandaise.

521 — TERBURG. La Missive.

524 — TERBURG. Portrait d'homme.

525 — TERBURG. Portrait de femme.

528 — TIELIUS. Portrait d'un financier.

531 — VELDE (W. van de). Flotte hollandaise.

534 — VELDE (A. van de). La Meute.

538 — VERENDAEL (N. van). Fleurs.

551 — VOS (Paul de). Chasse au cerf.

544 — VRIÈS (R. de). Constructions en ruines.

447 — WEENIX (J.-B.). Port de mer.

550 — WERFF (A. van der). Portrait d'un seigneur.

551 — WERFF (A. van der). Portrait d'une dame hollandaise.

558 — WOUWERMAN (Ph.). Le Relais flamand.

561 — WOUWERMAN (Ph.). La Croix de bois.

564 — WOUWERMAN (Ph.). Le Cavalier endormi.

566 — WOUWERMAN (Ph.). Soldats en voyage.

569 — WOUWERMAN (Ph.). Le Cavalier au repos.

572 — WYNANTS. Chemin montant.

574 — WYNANTS. Le Château sur la colline.

579 — WYNTRACK. Le Porcher.

Vacation du Samedi 14 Mai

30 — CLOUET. Portrait d'homme.

31 — CLOUET. Portrait d'un personnage vénitien.

32 — CLOUET (école). Marguerite de France.

33 — CLOUET (école). La Duchesse d'Angoulême.

34 — CLOUET (école). Portrait présumé de Marie Stuart.

35 — CLOUET (école). Henri III, roi de France.

36 — CLOUET (école). Louise de Lorraine.

37 — CLOUET (école). Portrait de femme.

38 — CLOUET (école). Portrait de femme.

39 — CLOUET (école). Jeune femme, époque Henri II.

54 — FOUQUET (école). Anne de Bretagne.

55 — FOUQUET (école). Portrait présumé d'Anne de Bretagne.

201 — ALDEGRAVER. La Parabole du mauvais riche.

206 — BEHAM (attribué à). La Décollation de saint Jean.

231 — BRUYN (de). Portrait d'homme.

237 — CORNELISZ ou CORNELISSEN. Portrait d'homme.

238 — COXCIE. L'Adoration des Mages.

239 — COXCIE. La Vierge et l'enfant Jésus.

279 — EYCK (Van). Vierge et enfant.

280 — EYCK (Van). La Déposition de la croix.

281 — EYCK (Van). La Vierge, quatre saints personnages.

282 — EYCK (Van). La Vierge et l'enfant Jésus.

287 — GOES (Van der). Mariage mystique de sainte Catherine.

289 — GOSSAERT (Jean dit de Mabuse). La Vierge et l'enfant Jésus.

323 — HOLBEIN (Hans). Portrait d'homme.

324 — HOLBEIN (Hans). Portrait d'homme.

325 — HOLBEIN (Hans) (attribué à). Portrait présumé d'Ulrich Zwingle.

326 — HOLBEIN (Hans (attribué à). Portrait d'un homme âgé.

327 — HOLBEIN (Hans (école de). Portrait d'homme.

328 — HOLBEIN (école de). Portrait présumé de Cujas.

329 — HOLBEIN (école de). Portrait d'Erasme.

33o — HOLBEIN (Sigismond). Portrait de jeune homme.

331 — HOLBEIN (Sigismond). Portrait de jeune femme.

356 — LEYDE. La Nativité.

357 — LEYDE (attribué à). L'Adoration des mages.

363 — MEMLING. Dame flamande au xve siècle.

364 — MEMLING (école). La Vierge et l'enfant Jésus.

37o — METSYS. Portrait de Philippe le Beau.

371 — METSYS. Le Sauveur du monde.

372 — METSYS (attribué à). La Descente de la croix.

373 — METSYS. La Sainte famille.

382 — MOOR. Portrait d'un gentilhomme.

383 — MOOR. Portrait d'une dame de distinction.

385 — MOSTAERT. Portrait de Marguerite d'Autriche, gouvernante des Pays-Bas.

397 — ORLEY (Bernard van) Portrait présumé de Claude de France.

398 — ORLEY. Portrait d'un jeune prince

399 — ORLEY. Tête de jeune femme.

400 — ORLEY (école de). La Vierge et l'enfant Jésus.

422 — POURBUS (le vieux). Portraits.

423 — POURBUS (le jeune). Portrait de Guillaume du Vair.

424 — POURBUS (le jeune). Portrait d'homme.

425 — POURBUS (le jeune). Henri III.

426 — POURBUS (le jeune). Portrait de femme.

467 — SCHŒEN (attribué à Martin). La Déposition de la croix.

468 — SCHOREL. La Descente de croix.

492 — STEPHAN DE COLOGNE. La Vierge et l'enfant Jésus

536 — VENNE (vander). L'Archiduc Albert à la chasse.

553 — WEYDEN (R. vander). Mater dolorosa.

554 — WEYDEN (école). Déposition de la croix.

555 — WILHEM DE COLOGNE. La Circoncision.

580 — ECOLE FLAMANDE. La Circoncision.

551 — ECOLE FLAMANDE. La Vierge et l'enfant Jésus.

583 — ECOLE FLAMANDE. Portrait d'un seigneur.

584 — ÉCOLE FLAMANDE. La Madone et deux saintes.

586 — ÉCOLE FLAMANDE. La Vierge et l'enfant Jésus.

589 — ÉCOLE FLAMANDE. Triptyque.

591 — ÉCOLE DE BRUGES. La Présentation au temple.

593 — ÉCOLE DE BRUGES. Le Christ et la Vierge.

597 — ÉCOLE ALLEMANDE. L'Adoration des mages.

600 — ALBERTINELLI (attribué à). La Sainte famille aux Anges.

603 — ANTONELLO DE MESSINE. Portrait d'homme.

604 — ANTONELLO DE MESSINE. (attribué à). Portrait d'homme.

608 — BELLINI La Vierge et l'enfant Jésus. Saint François et sainte Catherine.

609 — BELLINI. Portrait de femme.

614 — BONIFAZIO. La Femme adultère.

616 — BORGOGNONE. L'Adoration de la Vierge.

620 — BRONZINO. Laurent de Médicis, duc d'Urbain.

629 — CIMA DA CONEGLIANO. Le Christ bénissant.

630 — CORTA. La Vierge, l'enfant Jésus et sainte Cécile.

632 — CRIVELLI. Le Calvaire.

634 — FERRARI. La Vierge et plusieurs saints.

635 — FIESOLE (attribué à). La Prédication de saint Pierre.

654 — JACOPO DA CASENTINO. Peinture religieuse en trois panneaux.

661 — Luini (attribué à Bernardino). Sainte Élisabeth et le jeune saint Jean.

663 — Mantegna (attribué à Andria). Le Sommeil de l'enfant Jésus.

666 — Murillo. L'Assomption de la Vierge.

667 — Murillo. Madeleine.

668 — Murillo. Saint Pierre-aux-Liens.

669 — Murillo. Jacob chez Laban

670 — Murillo. Jeu d'Enfant.

673 — Murillo. Saint Joseph et l'enfant Jésus.

678 — Palma. Portrait d'une noble vénitienne.

681 — Pancale (école de Masolino). Sainte famille.

683 — Perugino (attribué à Bernardino). Saint Jérôme, saint Pierre et saint Paul.

684 — Pinturricchio. La Mise au tombeau.

691 — Sanzio (attribué à Raphaël). Portrait présumé du Pinturricchio.

692 — Sanzio (attribué à Raphaël). Une Salle de bain.

698 — Squarcione. La Décollation d'une sainte.

709 — Velasquez. Portrait de Philippe IV.

710 — Velasquez. Portrait de l'infante Marie-Thérèse, plus tard reine de France.

Vacation du Lundi 16 Mai

215 — BLES (Van). La Vierge allaitant l'enfant Jésus.

216 — BLES (Van). L'Arrivée à Bethléem.

217 — BLES (Van). Saint Jérôme.

241 — CRANACH (dit Lucas Sunder). La Sainte Famille.

243 — CRANACH. Portrait de Jean Frédéric, électeur de Saxe.

242 — CRANACH. Consummatum est.

262 — DUNWÉGE. La Vierge aux Anges.

263 — DURER. Le Baiser de Judas.

283 — EYCK (van). La Vierge allaitant l'enfant Jésus

288 — GOLTZIUS. Loth et ses filles.

413 — OUWATER. Saint Jean l'évangéliste.

414 — OUWATER. Saint Jacques.

582 — ÉCOLE FLAMANDE. La Mère de Douleurs.

585 — ÉCOLE FLAMANDE. Saint Dominique.

587 — ÉCOLE FLAMANDE. La Vierge donnant le sein à l'enfant Jésus.

588 — ÉCOLE FLAMANDE. La Vierge et l'enfant Jésus.

590 — ANCIENNE ÉCOLE FLAMANDE. La Vierge noire.

592 — ÉCOLE DE BRUGES. Portrait de Philippe le Bon.

594 — ÉCOLE ALLEMANDE. Un Ermite.

595 — ÉCOLE ALLEMANDE. Retable en quatre volets.

596 — ÉCOLE ALLEMANDE. Le Christ conduit au supplice.

601 — ALBERTINELLI (d'après Maiotto). Jésus apparaissant à la Madeleine.

602 — ALLORI (Allessandro). Sainte Catherine.

605 — BARBARI. La Mise au tombeau.

606 — BASAITI. La Vierge et l'enfant.

607 — BASSANO. La Vierge et l'enfant Jésus.

610 — BELLINI. La Vierge et l'enfant.

613 — BELTROFFIO. Portrait d'homme.

615 — BORDONE. Portrait présumé d'Éléonore d'Este.

617 — BORGOGNONE. La Vierge et l'enfant.

618 — BOTTICELLI. La Vierge et l'enfant Jésus.

619 — BOTTICELLI. L'Enfant Jésus embrassant sa mère.

621 — BRONZINO. Portrait Jean II de Médicis.

622 — BRONZINO. Portrait de femme.

626 — CARPACCIO. Vulcain forgeant les armes de l'Amour.

627 — CARPACCIO. Défilé d'un cortège.

628 — CATENA. Portrait d'un personnage vénitien.

631 — CREDI. L'Adoration de l'enfant Jésus.

633 — DOSSI-DOSSO. La Sainte famille.

636 — FRANCESCA. Portrait de Malatesta.

637 — GARAFALO. La Notivité.

638 — GHIRLANDAIO (attribué à Ridolfo). La Vierge et l'enfant Jésus.

639 — GIOTTO (école de). Le Nouveau Testament.

640 — GIROLAMO. Le Christ et la Madeleine.

545 — GOZZOLI (école de Benozzo). Esther et Assuérus.

655 — LIPPI. Joseph recevant son père et ses frères.

656 — LIPPI (attribué à Fra Filippo). La Vierge et l'enfant Jésus.

657 — LIPPI (attribué à Fra Filippo). La Vierge et l'enfant Jésus.

658 — LIPPI (école de Fra Filippo). La Vierge, l'enfant Jésus et saint Jean.

659 — LIPPI (attribué à Filippino). La Vierge et l'enfant.

660 — L'ORTOLANO. Le Christ déposé de la croix.

662 — LUINI (attribué à Bernardino). Hérodiate.

664 — MAZZOLINI. La Circoncision.

665 — MONTAGNA. La Vierge et l'enfant Jésus.

671 — MURILLO. Portrait du cardinal-archevêque de Séville.

672 — MURILLO. Salvator Mundi.

674 — NERI DI BICCI. La Vierge et l'enfant Jésus.

675 — OGGIONE. La Vierge, l'enfant Jésus et saint Jean

676 — OGGIONE. Deux Saints formant pendant.

677 — PALMA. Portrait de jeune femme.

679 — PALMA. Jésus et la Samaritaine.

680 — PALMIZZANO DA FORLI. Jésus portant la croix.

682 — PARMEIGANINO. La Vierge et l'enfant.

585 — PISANELLO. Chevaux à l'abreuvoir.

686 — PONTORMO. Une Sainte.

687 — PONTORMO. Portrait de Vittoria Colonna.

688 — RIBERA. Apôtre en prière.

689 — ROMAIN (attribué à). La Vierge, l'enfant et saint Jean.

690 — ROMANINO. La Vierge et l'enfant.

693 — SANZIO (d'après Raphaël. La Sainte famille au berceau.

694 — SASSO-FERRATO. Madone.

695 — SASSO-FERRATO (d'après Raphaël). La Vierge à la Chaise.

696 — SESTO. La Circoncision.

697 — SIGNORETTI (attribué à Luca). Deux Saints dans un paysage.

706 — TINTORETTO. Portrait du doge Marco Antonio.

707 — TINTORETTO. Portrait d'un financier.

708 — UCCELLO (attribué à). Portrait d'homme.

711 — VELASQUEZ (attribué à). Portrait d'un ecclésiastique.

712 — VELASQUEZ (attribué à). Portrait équestre du duc d'Oliviarez.

713 — VELASQUEZ (attribué à). Portrait de Philippe IV.

714 — VÉRONÈSE (Paul). Des Anges.

715 — VÉRONÈSE (Paul). Une Sainte.

716 — VIVARINI DA MURANO. Quatre Saints

717 — VIVARINI DA MURANO. Personnage debout.

718 — ÉCOLE FLORENTINE. Pic de la Mirandole.

719 — ÉCOLE FLORENTINE. La Sainte famille.

720 — ÉCOLE FLORENTINE. La Vierge aux Anges.

721 — ÉCOLE ITALIENNE. Fête de mariage d'un prince italien.

722 — ÉCOLE ITALIENNE. La Nativité.

723 — ÉCOLE ITALIENNE. La Vierge soutenant le Christ mort.

724 — ÉCOLE VÉNITIENNE. Portrait d'un musicien.

RED. :

22

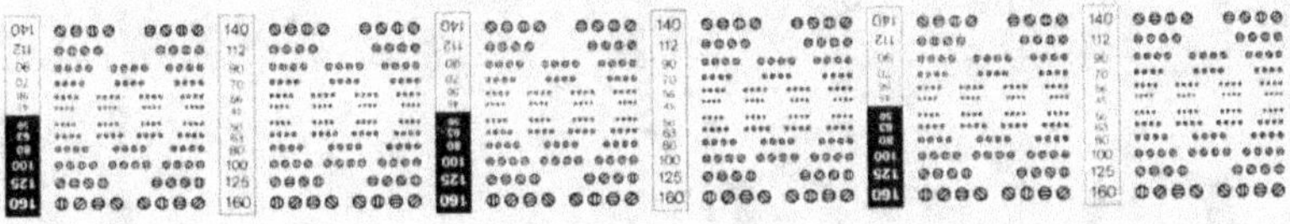

MIRE ISO N° 1
NF Z 43-007
AFNOR
Cedex 7 - 92080 PARIS-LA DÉFENSE

graphicom

0 1 2 3 4 5 6 7 8 9 10

BIBLIOTHEQUE
NATIONALE
DE FRANCE

****

CHATEAU
DE
SABLE

1996